15 contes
du Sénégal

JEAN MUZI

❋

15 contes
du Sénégal

〜

Illustrations intérieures de Jean Muzi

Retrouvez un glossaire en fin d'ouvrage.

Castor Poche Flammarion

Avant-propos

Longtemps au Sénégal, pays de l'Ouest africain baigné par l'Atlantique, la littérature ne fut qu'orale. C'était le soir, sur la place des palabres éclairée par la lumière froide de la lune ou autour d'un feu dans les cours de terre battue des maisons, que se déroulaient les veillées tandis que les femmes décortiquaient les arachides*.

Dans le calme de la nuit, troublé seulement par les bruits de la brousse voisine, enfants et adultes se reposaient de la chaleur accablante du jour, et les paroles du conteur, qui faisaient surgir un autre monde, transportaient très loin l'auditoire.

Chacun était invité à décoder le récit et à l'interpréter en le rapprochant de sa propre situation. En évoquant par exemple un conflit entre une femme et la fille de sa coépouse, le conteur pouvait ainsi faire allusion à une situation vécue dans le village et suggérer une solution.

Le conte nous révèle les préoccupations principales de la vie. Il a parfois valeur pédagogique. Il dénonce le pouvoir arbitraire, la force brutale et les excès. Il valorise la patience, le respect des coutumes, la soumission aux parents. Il aborde différents thèmes tels que l'amour, l'amitié, la ruse, la souffrance et la mort.

La culture de parole de l'Afrique noire nous parvient aujourd'hui par l'écriture, qui permet aux contes de faire peau neuve. Ceux que j'ai réunis dans ce recueil sont souvent des leçons de sagesse. Je les ai tous soigneusement réécrits, parfois adaptés en les condensant ou au contraire en les étoffant. J'ai voulu, tout en faisant découvrir au jeune lecteur un peu d'une autre culture, lui faire partager les émotions des populations de l'Afrique de l'Ouest.

Jean MUZI

1. Le jeune homme qui voulait épouser la fille du génie

Voici l'aventure de deux jeunes gens pour-
suivis par un génie qui s'opposait à leur amour
mais les lia si bien l'un à l'autre qu'ils ne firent
plus qu'un.

Jadis le repiquage[1] du riz était effectué par
les hommes. Bagum, le génie des vents et des
orages, excellait dans cette tâche et il était

[1] Action de replanter.

réputé être le plus rapide du pays. Il avait une fille, Fatoumata, qu'il ne voulait donner en mariage à personne. Aussi imposait-il l'épreuve du repiquage du riz à tous les prétendants.

— Essaie d'être plus rapide que moi, si tu veux obtenir la main de ma fille, disait-il à chacun d'eux.

Personne ne parvenant jamais à battre Bagum, Fatoumata continuait de vivre auprès de son père.

Un jour, un jeune homme nommé Diakobali décida de tenter sa chance à son tour. Il prit la direction du village où vivait Bagum. En chemin, il parla de son projet à un vieil homme.

— La fille de Bagum est très belle, commenta ce dernier. Tu as raison de vouloir l'épouser. Ah, si j'étais jeune, je ferais comme toi !

Des oiseaux entendirent leur conversation. L'un d'eux connaissait Fatoumata. Il alla l'informer qu'un jeune homme était en route pour demander sa main.

— Décris-le moi, dit la jeune fille.

— Il est grand, ses traits sont fins et son corps est celui d'un athlète.

— J'aimerais le voir avant qu'il affronte mon père.

— Je t'avertirai de son arrivée, promit l'oiseau.

Le lendemain, il siffla trois fois pour appeler Fatoumata.

— Montre-le moi, lui demanda-t-elle.

Diakobali n'était plus très loin. L'oiseau s'envola et frôla le crâne du jeune homme avant de partir en direction de la brousse. Fatoumata regarda Diakobali qui approchait. Elle le trouva très beau. Quand il parvint à sa hauteur, elle lui fit signe de la main et il s'arrêta.

— Je suis la fille du génie, lui dit-elle.

— Et moi, celui qui veut rivaliser de vitesse avec ton père pour pouvoir t'épouser.

— Puisses-tu l'emporter afin que se réalise ton souhait qui depuis peu est aussi le mien. Mais n'oublie pas que mon père est cruel et qu'il n'hésitera pas à te tuer si tu échoues.

— J'ai été prévenu et je suis décidé à me surpasser, déclara Diakobali.

Après s'être reposé quelques heures, il se rendit chez le génie.

— Je souhaite épouser ta fille et je viens te demander sa main, lui déclara-t-il.

— Je ne te l'accorderai que si tu parviens à me battre en repiquant du riz plus vite que moi, grogna Bagum.

— Je suis prêt à t'affronter, s'exclama le jeune homme.

Deux grands carrés de même superficie furent délimités. Puis l'épreuve du repiquage commença. Diakobali n'était pas aussi rapide que le génie. Cependant, sa rage de vaincre lui donnait des ailes et il parvint à dépasser Bagum. Mais pas pour longtemps, car celui-ci le rattrapa et finit par remporter l'épreuve. Alors le génie éclata de rire, d'un rire si puissant qu'il déclencha une tornade qui brisa le plus grand fromager* du village.

— Je l'ai emporté de justesse, déclara Bagum. C'est la première fois que je rencontre quelqu'un d'aussi rapide que toi. Aussi ai-je décidé de t'épargner et de te donner une autre chance en te proposant une nouvelle épreuve. Elle consiste à retrouver une bague que j'ai perdue hier.

Le jeune homme s'empressa d'accepter la proposition du génie.

— Tu disposes d'une journée pour me rapporter la bague. Si tu n'y parviens pas, tu mourras. Et cette fois-ci, ne compte pas sur ma clémence, ajouta Bagum avant de disparaître.

Diakobali était perplexe. Comment retrouver une bague sans posséder le moindre indice permettant de situer l'endroit où elle avait été perdue ? Plus il réfléchissait, et plus l'inquiétude l'envahissait. C'est alors que Fatoumata s'approcha pour le rassurer.

— N'aie aucune crainte, dit-elle, je connais l'endroit où se trouve cette bague.

— Acceptes-tu de m'y conduire ? demanda le jeune homme.

— Suis-moi ! dit-elle.

Ils prirent la direction du marigot*, qu'ils atteignirent rapidement. Comme Diakobali ne savait pas nager, c'est Fatoumata qui plongea. L'eau était trouble et la jeune fille ne parvenait pas à repérer le bijou. Elle fut contrainte de remonter plusieurs fois pour reprendre son souffle. Elle finit par apercevoir la bague coincée entre deux pierres.

— Voici ce que t'a demandé mon père, dit-elle avec fierté en la remettant à Diakobali.

— Sans toi, je n'aurais jamais réussi cette épreuve, répondit le jeune homme plein d'admiration avant de la remercier chaleureusement.

Il attendit le lendemain pour rapporter la bague au génie. Cela contraria fortement Bagum, qui n'avait pas imaginé un instant que le jeune homme réussirait.

— Où as-tu trouvé cette bague ? demanda-t-il.

— Au fond du marigot, expliqua Diakobali.

— Qui t'a aidé ?

— Personne.

— Tu mens, répliqua Bagum avec colère. À part moi, seule ma fille savait où se trouvait la bague. Je vous condamne à mort tous les deux, toi pour avoir triché et elle pour t'avoir aidé. Vous serez exécutés demain au lever du soleil.

Les jeunes gens furent jetés dans une case gardée par les trois fils du génie. Il faisait très chaud ce jour-là. En milieu d'après-midi, les gardes s'arrêtèrent de parler et s'assoupirent.

— On ne les entend plus, murmura Fatoumata, ils doivent faire la sieste. On va en profiter pour s'évader.

— Mais comment ? interrogea Diakobali.

— Tu vas creuser un trou dans le mur pour que nous puissions sortir.

— C'est impossible, je n'ai aucun outil.

— Tu as tes dents, cela suffira...

Et sans lui laisser le temps de répondre, Fatoumata transforma Diakobali en souris, puis se métamorphosa en oiseau. La souris fit aussitôt un trou dans le mur de terre de leur prison et sortit. L'oiseau la suivit. Une fois dehors, il prit la souris sur son dos et s'envola avec elle. Tous deux s'éloignèrent rapidement sans que les gardes s'en rendissent compte.

Le lendemain, Bagum se leva à l'aube. Il voulait diriger personnellement l'exécution des prisonniers. Arrivé devant la case où ils avaient été enfermés, il ordonna aux gardes de les faire sortir. Ceux-ci constatèrent avec stupéfaction que la prison était vide, sans pouvoir expliquer au génie comment les deux prisonniers avaient pu s'évader. Bagum entra dans une vive colère, provoquant un violent orage qui dura plusieurs heures. Puis il lança ses fils à la poursuite des fugitifs. Ils revinrent penauds et bredouilles deux jours plus tard.

— Vous n'êtes que des bons à rien, hurla le génie. Vous les avez laissés s'évader et vous n'avez pas su les retrouver. Je vais aller à leur recherche et ils ne m'échapperont pas. Quant à vous, bande d'incapables, vous ne perdez rien pour attendre, je m'occuperai de vous à mon retour.

Grâce à un de ses informateurs, Bagum sut que les deux évadés avaient pris la direction du nord. Il se lança aussitôt à leur poursuite. Il était si rapide qu'il les rattrapa en quelques heures. Quand ils se rendirent compte qu'il approchait, Fatoumata et Diakobali quittèrent le rônier* sur lequel ils se reposaient. Ils avaient conservé leurs nouvelles apparences et la souris se trouvait toujours sur le dos de l'oiseau.

Or Fatoumata possédait certains pouvoirs qu'elle tenait de son père. Et, bien qu'elle se fût métamorphosée en oiseau, cela ne l'empêchait pas de les utiliser. Aussi se mit-elle à pondre des œufs merveilleux. Chaque fois que l'un d'eux s'écrasait au sol, naissait un obstacle qui entravait la progression de Bagum. Du premier œuf sortit un vaste marigot*. Le génie fut contraint de ralentir sa course pour le traverser, tandis que les fugitifs en profitaient pour prendre un peu d'avance. Mais Bagum était si rapide qu'il combla rapidement son retard. Alors, tout en poursuivant son vol, l'oiseau pondit un autre œuf, qui alla s'écraser au sol et mit le feu à la brousse. Le génie creusa rapidement un trou. Il s'y allongea et se recouvrit de terre pour se protéger des flammes. Il évita l'asphyxie de justesse. Il reprit ensuite sa course. Dès que l'oiseau sentit que Bagum les rattrapait, il pondit un troisième œuf, qui en se cassant donna naissance à une imposante montagne. Le génie fut contraint de s'arrêter. Après une courte hésitation, il se lança à l'assaut de la montagne. Arrivé au sommet, il fit une longue pause pour reprendre des forces. La descente fut si rapide que l'oiseau et la souris ne se rendirent compte de l'arrivée de Bagum qu'au moment où il s'emparait d'eux.

— Comme vous vous aimez et que vous voulez vous marier, grogna-t-il, je vais vous lier définitivement l'un à l'autre. Il vous sera donc impossible de vous séparer puisque vous ne ferez plus qu'un.

Et il transforma la souris et l'oiseau en une chauve-souris, qu'il condamna à errer dans la nuit jusqu'à la fin des temps.

2. Les trois arbres

Contrairement à ce que l'on croit, il arrive à certains arbres de posséder la faculté de parler.

L'homme évoque parfois avec nostalgie l'arbre où il grimpait quand il était enfant. Lorsqu'il voyage, que le soleil est au zénith[1]

---

[1] Point le plus haut du soleil. C'est le moment de la journée où il fait le plus chaud.

ou que la fatigue commence à se faire sentir, il apprécie particulièrement celui à l'ombre duquel il peut s'abriter, surtout si de surcroît[2] ses branches sont chargées de fruits mûrs. Quant à l'oiseau, son arbre préféré est celui où il a construit son nid. Mais quelles que soient leur espèce et leur taille, quel que soit l'endroit où ils poussent, qu'ils soient arbres du village ou arbres de la brousse, tous sont d'une importance primordiale pour les hommes, qui ont enfin pris conscience qu'ils devaient lutter contre la déforestation[3].

Les arbres savent tous qu'ils sont importants. Certains prétendent l'être plus que les autres et ceux de la brousse se chamaillent parfois à ce sujet avec ceux du village.

Ce jour-là, il y en avait trois qui discutaient bruyamment : le baobab*, prince de la brousse, le fromager*, prince du village, et le palétuvier*, prince de la mangrove*.

— Personne n'est plus utile que moi, dit le baobab. Les femmes utilisent mes feuilles pour faire la soupe. Les enfants raffolent de mes fruits, les pains de singe, qui sont aussi

[2] En plus, en outre.
[3] Destruction des forêts.

utilisés dans la préparation des desserts. Et les hommes font de la ficelle à partir de mon écorce.

— Tu oublies de préciser que ton bois est inutile, car il est creux, répliqua le fromager, et que durant la saison sèche tes branches sont dénudées. Tu ne sers de perchoir qu'aux charognards[4]. Les nuits de pleine lune, ta silhouette fait penser à celle d'un revenant. Tu fais peur à tout le monde et personne ne t'aime. C'est pourquoi tu vis souvent seul et éloigné de tous.

— Je suis le plus utile des trois, déclara ensuite le palétuvier. Les huîtres dont tout le monde raffole vivent accrochées à mes racines. Mon bois est utilisé par les femmes pour faire cuire les repas et par les hommes pour la construction des toits de leurs cases.

— Quelle prétention! s'exclama le fromager. Tu sembles oublier que tu es le plus petit de nous trois. Tu ne peux pousser que dans la vase et tes racines qu'on aperçoit dans l'eau te font ressembler à un baobab à l'envers. Sur tes branches on voit courir des crabes et se

[4] Vautours.

déplacer des périophtalmes, ces affreux poissons amphibies[5] qui aiment se promener hors de la mangrove.

— Tu t'es contenté d'émettre avec arrogance des critiques à notre égard sans jamais parler de tes qualités, lui reprochèrent le baobab et le palétuvier.

— Je dois reconnaître que je ne donne pas de fruits et que mes racines n'abritent pas d'huîtres, répondit le prince du village. Mais c'est dans mon bois que les hommes creusent leurs pirogues et c'est avec lui qu'ils fabriquent les portes de leurs cases. C'est moi qui suis au centre de la place des palabres[6], moi qui offre de l'ombre à tout le monde, moi encore qui abrite les plus beaux oiseaux, et moi enfin qui embellis le village.

Il avait à peine terminé de parler qu'un orage éclata. De nombreux éclairs zébrèrent le ciel gris. Le tonnerre se fit violemment entendre. Tout trembla et la foudre s'abattit sur le fromager, qui fut entièrement calciné.

[5] Capables de vivre à l'air ou dans l'eau, entièrement émergés ou immergés.

[6] C'est la place du village sur laquelle discutent interminablement les villageois.

Le baobab et le palétuvier s'en furent tristement en regrettant la disparition du prince
du village, qui au fond n'était qu'un arbre
comme eux avec ses qualités et ses défauts.

3. Le lièvre qui voulait devenir encore plus rusé

En Afrique, le lièvre est considéré comme le plus rusé des animaux. Un peu comme le renard chez nous.

Le lièvre était rusé. Il aimait flouer[1] les autres animaux et vivre à leurs dépens. Comme il était très ambitieux, il cherchait sans cesse

[1] Voler quelqu'un en le trompant.

à devenir encore plus rusé. Il avait consulté les meilleurs sorciers du pays, qui ne s'étaient pas montrés vraiment efficaces.

Un jour, il eut l'idée de s'adresser à l'Être suprême, le maître de l'univers.

— Quel est l'objet de ta visite ? lui demanda celui-ci.

— Je suis venu vous implorer de faire de moi un lièvre encore plus rusé.

L'Être suprême qui n'aimait pas les quémandeurs[2] décida de l'éconduire[3] poliment. Il prit une gourde et la lui donna.

— Je vais réfléchir à ta demande, lui dit-il. Mais en attendant, je voudrais savoir si tu es capable de remplir d'oiseaux cette gourde.

Le lièvre prit congé et alla s'installer près d'une fontaine où il savait que de nombreux moineaux venaient se désaltérer en fin d'après-midi. Seuls ces oiseaux, qui étaient les plus petits qu'il connaissait, pouvaient passer par le goulot de la gourde. Mais il fallait trouver un subterfuge pour les convaincre d'y entrer.

[2] Personnes qui demandent humblement et avec insistance de l'argent, un secours, une faveur.

[3] Repousser, ne pas accéder à la demande de quelqu'un.

Le lièvre en imagina vite un. Dès que les premiers moineaux arrivèrent, il se mit à sauter à droite puis à gauche tout en tenant sa gourde à bout de bras et en faisant semblant de parler.

— Oui, oui, dit-il. Non, non, cela semble impossible. Mais peut-être pas !

Surpris de l'entendre parler ainsi, les oiseaux lui demandèrent ce qu'il faisait. Il leur expliqua qu'il tentait de savoir si sa gourde était assez grande pour les contenir tous.

— Nous sommes si petits que nous pouvons tous y tenir, répondirent les moineaux.

— Je n'en suis pas aussi sûr que vous, prétendit le lièvre.

— Nous allons te prouver le contraire, piaillèrent-ils.

Aussitôt, l'un d'eux entra dans la gourde. Un autre le suivit, puis un troisième. Très vite la gourde fut pleine. Le lièvre la ferma. Et il retourna voir l'Être suprême.

— Voici la gourde, dit-il en la lui tendant, elle est pleine d'oiseaux.

L'Être suprême refusa de la prendre.

— Après mûre réflexion, expliqua-t-il, j'ai décidé de ne pas satisfaire ton ambition, car si je te permettais de devenir encore plus rusé, tu risquerais de bouleverser l'univers. Contente-toi donc de ta condition.

4. Le paysan trop bavard

Si tu as un secret, confie-le aux pierres, confie-le aux étoiles, mais jamais à une femme.

Un modeste paysan aperçut un jour une panthère près d'un marigot*. Il vit l'animal enlever sa peau et se transformer en une ravissante jeune fille, qui entra dans l'eau pour se laver. L'homme s'approcha sans bruit, déroba la peau de panthère, la mit dans son panier, s'éloigna rapidement et se cacha.

Quand la jeune fille sortit de l'eau, elle ne retrouva pas sa peau et éclata en sanglots. Le paysan s'approcha.

— Pourquoi pleures-tu ? lui demanda-t-il.

— Quelqu'un m'a volé mes vêtements pendant que je me lavais, répondit-elle.

— Prends ce pagne et couvre-toi, dit le paysan.

Dès qu'elle fut habillée, il la conduisit dans son village. Quelques jours plus tard, il la prit pour seconde épouse après avoir tout raconté à sa première femme, même l'endroit où il avait dissimulé la peau de panthère.

Or la première femme était jalouse et acariâtre. Un matin où le mari était sorti, elle chercha querelle à la deuxième épouse. Les deux femmes hurlèrent, s'insultèrent et en vinrent aux mains. Soudain la première femme lança :

— Je ne sais pas pourquoi je te parle, car habituellement je n'adresse pas la parole aux panthères. Si tu n'es pas satisfaite, tu peux reprendre ta peau qui est cachée dans le grenier derrière les sacs de riz et t'en aller rapidement.

La deuxième épouse se précipita dans le grenier, enfila sa peau de bête et se métamorphosa aussitôt en panthère. Elle grogna en montrant les crocs, bondit sur l'autre femme, la dévora et prit la fuite.

Quand le mari rentra, il dut se rendre à l'évidence: il était veuf, doublement veuf, et seul responsable de son malheur pour avoir trop parlé.

5. Koumba

Traite l'enfant des autres aussi bien que le tien et ne lui fais pas payer ce que tu reproches à ses parents.

Koumba était une petite fille espiègle, au corps gracile[1], qui avait perdu sa mère quelques mois plus tôt. Elle vivait avec son

[1] Mince et délicat.

père et la seconde épouse de celui-ci, une femme sévère et injuste qui la détestait, l'humiliait sans cesse et lui imposait les tâches les plus lourdes.

Le père n'avait guère d'autorité dans la maison et c'était sa femme qui dirigeait tout. Il ignorait le comportement de celle-ci avec Koumba et n'imaginait pas que son plus grand désir était de la voir disparaître.

Un jour où la petite fille était à l'école, la femme fut contrainte d'aller en brousse puiser de l'eau. Elle n'était pas habituée à cela, car c'était à Koumba qu'incombait[2] d'ordinaire cette corvée. Une fois son seau rempli, elle le mit sur sa tête et repartit. Très vite, elle le trouva trop lourd. Elle s'arrêta, le déposa près d'elle et décida d'attendre. «Quelqu'un acceptera bien de m'aider», pensa-t-elle. Au bout d'un moment, elle aperçut un rhinocéros. Elle lui fit signe. L'animal s'approcha.

— Aide-moi à transporter mon seau jusqu'au village, lui dit-elle. Tu es tellement fort que tu n'en sentiras même pas le poids si je le suspends à ta corne.

[2] Appartenait, revenait. C'était normalement Koumba qui était obligée d'aller chercher l'eau.

— Tu veux peut-être aussi que je te prenne sur mon dos pour te porter jusqu'à chez toi, répondit ironiquement le rhinocéros avant de s'éloigner.

La femme haussa les épaules, soupira en remettant le seau sur sa tête et repartit. Elle marcha péniblement durant quelques minutes et s'arrêta encore. Épuisée, elle s'assit au bord du chemin et attendit. Un éléphant finit par se montrer. Il était de taille imposante et pour lui le seau ne pouvait être que minuscule.

— Pourrais-tu m'aider à transporter cette eau jusqu'à ma case? lui demanda-t-elle. Tu es si fort que tu trouveras mon seau ridiculement léger si tu glisses ta trompe dans son anse.

— Débrouille-toi sans moi, je ne suis pas porteur d'eau et n'ai pas envie de le devenir! répondit l'éléphant.

— Aide-moi, supplia la femme, et pour te remercier, je te conterai l'histoire d'un de mes aïeux[3] qui fut emmené en esclavage en Amérique et, après avoir eu la chance d'être affranchi[4], parvint à revenir en Afrique pour enseigner à tout

---

[3] Un aïeul est un ancêtre, un ascendant au-delà du grand-père.

[4] Il s'agit d'un esclave rendu libre par son maître.

le village les méthodes modernes de culture qu'il avait apprises durant sa captivité.

— Et moi, si j'avais le temps, je te raconterais l'histoire d'un de mes frères capturé par des braconniers qui l'ont vendu à un zoo américain. Contrairement à ton aïeul, il a peu de chances de recouvrer[5] la liberté et de revenir ici, rétorqua l'éléphant.

Puis il plongea sa trompe dans le seau et aspira toute l'eau, qu'il but lentement en s'éloignant. La femme était furieuse. Mais elle n'osa pas insulter le pachyderme par crainte de représailles. Elle retourna au point d'eau et remplit à nouveau son seau. Elle le posa sur sa tête et reprit le chemin menant à son village. Elle fut vite fatiguée. Elle s'arrêta et recommença à attendre. Survint un lion à qui elle demanda de l'aide.

— Je veux bien porter ton seau, dit le fauve, mais que me proposes-tu en échange ?

— Je n'ai rien à te donner tout de suite, mais peut-être serais-tu intéressé par la fille de mon mari, une enfant désobéissante et impertinente dont je ne sais que faire.

[5] Récupérer.

— Quand penses-tu pouvoir me la donner ? demanda le lion.

— Tu pourras venir la chercher demain soir pendant la fête organisée sur la place du village. Elle s'appelle Koumba.

Le fauve prit alors le seau d'eau et suivit la femme. Dès qu'ils furent en vue du village, ils firent halte. La femme récupéra son seau et demanda au lion de s'éloigner afin de ne pas risquer d'effrayer les villageois.

Le lendemain soir, Koumba ne comprit pas pourquoi la seconde épouse de son père, habituellement si sévère, l'autorisait soudain à se rendre à la fête, l'habillait correctement pour cette occasion et lui donnait même un des bracelets en or laissés par sa mère. Mais elle préféra s'abstenir de lui poser la moindre question par crainte de la contrarier et de se voir privée de sortie.

La fête battait son plein. Tout le monde s'amusait quand soudain d'étranges rugissements se mêlèrent au son des tam-tams. Aussitôt, les danseurs se figèrent tandis que les tam-tams se taisaient. Tous tendirent l'oreille. Mais plus aucun rugissement ne se fit entendre.

— Ce n'était rien, que la fête continue ! lança alors un homme.

Le battement des tam-tams reprit de plus belle. Pas pour longtemps, car un nouveau rugissement annonça l'arrivée du lion, qui, à la surprise générale, se mit à chanter ce refrain :

Houm, houm, houm, jolie Koumba
Qu'une femme me donna.
Houm, houm, houm, j'ai vraiment faim
Et n'attendrai pas demain.
Houm, houm, houm, tu dois venir,
Car je veux vite en finir.

Aussitôt, tout le monde se dispersa et chacun regagna rapidement sa case. Sauf Koumba, pétrifiée, qui faisait face au fauve.

— Ne me dévore pas tout de suite, le supplia-t-elle, je suis si maigre que je pourrai difficilement satisfaire ta faim.

— J'ai décidé de te manger et tu ne me feras pas changer d'avis.

— Accorde-moi un délai pendant lequel j'engraisserai, proposa Koumba.

— Il n'en est pas question, je meurs de faim, répliqua le lion.

Il s'apprêtait à bondir pour la dévorer quand le père de l'enfant, prévenu par un voisin, arriva et décocha une flèche qui l'atteignit en plein cœur. Le fauve s'écroula et mourut.

La lune était pleine et brillait dans la nuit. En voyant passer Koumba, qui tenait fièrement la main de son père, les villageois comprirent qu'il l'avait sauvée. Un voisin vint l'informer que sa seconde épouse avait donné l'enfant au lion pour le remercier d'avoir porté son eau. Très vite la nouvelle fit le tour du village.

La femme fut rejetée de tous. Elle en éprouva une telle honte qu'elle finit par se transformer en un jujubier* que tout le monde montre encore du doigt. Depuis, dans ce village, plus aucune femme ne cherche à maltraiter les enfants de ses coépouses.

6. La fourmi, le lion et l'éléphant

Les plus petits ne sont pas toujours aussi faibles qu'on pourrait le croire.

La fourmi, le lion et l'éléphant se rencontraient souvent dans la savane. Ils n'éprouvaient pas vraiment de mépris les uns pour les autres, même si chacun prétendait ouvertement être le plus fort des trois.

Un jour, ils décidèrent de trouver un arbitre pour déterminer lequel était réellement le plus fort. C'est au lièvre qu'incomba cette lourde responsabilité. Il prit un air important et proposa de les écouter tour à tour afin de se faire une idée. Il donna d'abord la parole à l'éléphant.

— Je suis indéniablement le plus fort comme je vais vous le prouver, déclara le pachyderme. Toi, fourmi, tu peux à peine faire plier une herbe, et encore faut-il qu'elle ne soit pas trop grande. Quant à toi, lion, tu ne parviens qu'avec difficulté à casser une branche d'arbre. Alors que, moi, aucun arbre ne me résiste.

Et sans attendre, il saisit avec sa trompe le tronc d'un grand fromager*. Il tira de toutes ses forces, parvint à le déraciner et le jeta un peu plus loin.

— Nous t'écoutons, dit le lièvre en se tournant vers le lion.

— Si je suis le roi des animaux, ce n'est pas par hasard, déclara-t-il, c'est tout simplement parce que je suis le plus fort. À la chasse, c'est toujours moi qui fais la plus grosse prise. Et une fois, il m'est même arrivé de tuer un éléphant.

— Et toi, fourmi, qu'as-tu à nous dire ? interrogea le lièvre.

— Je suis la seule à pouvoir exécuter les tâches les plus difficiles ! s'exclama-t-elle.

— Lesquelles ? demanda le lièvre plutôt sceptique.

— Je suis si forte que je peux porter deux de mes sœurs sur mon dos. Je peux escalader d'immenses parois verticales. Je peux marcher au plafond. Je peux creuser dans le sol des galeries où mes semblables circulent par millions. L'un de vous peut-il m'imiter ?

— Minuscule insecte, nous pourrions t'écraser ! menacèrent le lion et l'éléphant.

— Sans doute, mais la petite fourmi que je suis peut aisément vous rendre enragés.

— Et comment t'y prendrais-tu ? interrogea le lièvre.

La fourmi ne répondit pas. Elle grimpa le long d'une des pattes avant du lion et se déplaça rapidement vers sa tête. Elle se glissa à l'intérieur d'un de ses naseaux et le piqua plusieurs fois. Le lion réagit en secouant la tête. La fourmi le piqua encore. Il rugit de douleur. Et plus il hurlait, plus elle piquait. Fou furieux, le lion s'attaqua à l'éléphant, qui fut contraint de se défendre. Le combat fit rage longuement. Le pachyderme finit par l'emporter en écrasant son adversaire de tout son poids.

Pendant que le vainqueur reprenait son souffle, la fourmi en profita pour grimper le long d'une de ses pattes et elle l'attaqua aux yeux. Presque aveugle, l'éléphant s'enfuit en écrasant tout ce qui se trouvait sur son passage, avant de tomber dans un marigot* où il s'enlisa. Affaibli par son combat avec le lion et épuisé par une nuit d'efforts pour s'en sortir, il finit par se noyer.

Après avoir retrouvé le lièvre, la fourmi lui demanda quelle conclusion il tirait de ce qu'il avait pu voir et entendre.

— Oui, tu es incontestablement la plus forte, reconnut l'arbitre. Les plus petits savent parfois se montrer plus forts que les grands.

7. Ablaye

En Afrique, comme ailleurs, on a toujours besoin d'un plus petit que soi.

Jadis naquit un bébé qui provoqua la surprise de tous les habitants de son village. Dès sa naissance, il se mit à marcher, à parler et à grandir très rapidement. En l'espace de quelques minutes, il atteignit la taille d'un enfant de dix ans, puis il cessa de grandir. La première fois qu'il vit son père, il lui dit :

— Je voudrais que tu me donnes un prénom tout de suite.

— Mon fils, il faudra que tu attendes le jour de ton baptême, répondit le père.

Alors l'enfant se tourna vers sa mère.

— Je voudrais avoir un prénom dès maintenant, dit-il.

— C'est impossible, lui expliqua-t-elle, car il faut attendre le jour de ton baptême.

— Je refuse d'attendre ce jour-là.

— C'est la coutume et tu dois t'y soumettre, répliqua la mère.

Très contrarié, l'enfant se rendit chez son grand-père.

— J'ai besoin de ton aide, lui dit-il, pour convaincre mes parents de me donner un prénom dès aujourd'hui.

— Tu ne fais rien comme tout le monde, répondit le grand-père. Tu t'es mis à marcher et à parler dès ta naissance, puis à grandir de façon prodigieuse, et tu voudrais en plus que tes parents te donnent un prénom avant même d'avoir été baptisé. Tout cela ne correspond pas vraiment à nos habitudes, mon garçon.

— Je suis différent des autres, expliqua l'enfant. C'est pour ça que je veux un prénom tout de suite. Et puisque mes parents refusent de m'écouter, je vais en choisir un moi-même. Désormais, je m'appellerai Ablaye.

Tout le village fut rapidement informé de sa décision. Et chacun se mit à l'appeler par le prénom qu'il avait choisi. Une semaine plus tard, Ablaye apprit que ses deux grands frères allaient bientôt rendre visite à leurs fiancées, deux sœurs qui habitaient un village éloigné.

Le jour du départ, ils se levèrent très tôt. Comme ils avaient refusé de l'emmener, Ablaye décida de partir une heure avant eux. Mais il ne les en informa pas. Les deux aînés empruntèrent le même chemin que lui et voyagèrent toute la journée. Un peu avant le coucher du soleil, Ablaye fit halte pour attendre ses frères et il se transforma en bracelet de pied. Un bracelet qui brillait tant qu'on eût dit qu'il produisait de la lumière. C'est à l'approche de la nuit que les deux aînés l'aperçurent. Sur leurs visages se lut aussitôt l'inquiétude.

— Méfions-nous, dit le premier en s'arrêtant.

— C'est peut-être un morceau d'étoile tombé du ciel, dit l'autre.

— Approchons-nous pour savoir de quoi il s'agit.

Ils firent un pas en avant tout en gardant les yeux rivés sur l'objet. Puis un second pas. Comme l'objet ne semblait pas réagir, ils avancèrent encore et virent qu'il s'agissait d'un bracelet de pied ne présentant en apparence aucun danger. Le plus âgé se baissa, le ramassa et le mit dans sa poche.

— Je l'offrirai à ma fiancée, décida-t-il.

— Si nous en trouvons un deuxième, il sera pour la mienne, répondit l'autre.

C'est alors que le bracelet se mit à bouger dans la poche où il avait été enfoui. Les deux garçons le virent sortir brusquement de celle-ci, rebondir sur une grosse pierre bordant le chemin et disparaître pour laisser place à Ablaye.

— Vous n'offrirez aucun bracelet à vos fiancées, lança ce dernier. J'avais juste changé d'apparence pour vous surprendre.

Furieux, ses deux frères le saisirent fermement par les bras.

— Dès demain matin, tu retourneras à la maison, lui ordonnèrent-ils.

Pour échapper à leur colère, Ablaye se transforma en du sable fin, qui coula sur le sol. Après avoir mangé quelques dattes et bu un peu d'eau, les deux aînés décidèrent de passer la nuit là. Ils s'allongèrent et s'endormirent.

Le lendemain, ils se levèrent avec le jour. Ablaye avait repris son apparence normale mais n'avait toujours pas renoncé à les accompagner.

— Retourne tout de suite à la maison, lui dirent-ils sur un ton menaçant.

— Pas question, rétorqua Ablaye, le village où vous vous rendez est peuplé de sorciers mangeurs d'âmes. Sans mon aide, vous risquez de ne pas en revenir.

Les deux aînés finirent par se laisser convaincre et poursuivirent leur voyage en compagnie du petit. Ils arrivèrent à destination en milieu d'après-midi. Les deux fiancées, qui n'avaient pas été prévenues de leur visite, se réjouirent de les voir. Mais ce ne fut pas le cas de leur mère, une sorcière dont le projet était de marier ses filles à des sorciers. Les trois garçons prirent place dans une case aux côtés des jeunes filles. Pour se débarrasser des visiteurs, la mère remplit un pot de lait, y versa du poison et appela ses filles.

— Voici de quoi faire oublier la fatigue du voyage à vos amis, dit-elle en leur tendant le pot.

Pendant qu'elles étaient sorties, Ablaye en profita pour informer rapidement ses frères du danger qu'ils couraient.

— Votre future belle-mère a empoisonné le lait sans rien dire à ses filles, ajouta-t-il. Je vais m'arranger pour qu'elles le renversent.

Il se métamorphosa aussitôt en pierre et se plaça devant la porte de la case. Celle qui portait le pot buta contre la pierre et le renversa. Un chien qui passait par là au même moment se mit à laper le lait empoisonné et fut aussitôt terrassé.

La mère n'avait pas assisté à la scène. Quant aux filles, elles comprirent aussitôt que celle-ci voulait supprimer leurs fiancés. Elles en furent extrêmement choquées. Mais elles se contentèrent de lui dire qu'elles avaient renversé le pot de lait, sans faire allusion à rien.

— Vous n'êtes que des étourdies ! répliqua la mère en colère. Vous n'avez plus qu'à offrir à vos amis le lait qui restait pour votre repas de demain.

Durant ce temps, Ablaye informa ses frères que leurs fiancées allaient rapporter du lait qui cette fois ne serait pas empoisonné. Quand elles furent revenues et qu'elles les eurent servis, les trois garçons le burent. Les jeunes gens discutèrent jusqu'à une heure avancée de la nuit. Puis ils décidèrent de se coucher. Les deux filles s'allongèrent à gauche sous une même couverture en coton de couleur jaune, dont les motifs représentaient des fruits africains. Les deux garçons, à droite sous un tissu bleu, sur lequel étaient imprimées des têtes de lion de couleur noire. Les quatre jeunes gens s'endormirent rapidement. Seul Ablaye, qui s'était installé au milieu de la case, resta éveillé. Un bruit étrange venant de l'extérieur l'empêchait de s'endormir. Il finit par se lever. Il sortit et vit la mère des jeunes filles en train d'aiguiser un grand couteau. Il comprit qu'elle se préparait à assassiner ses deux frères et regagna sans bruit la case où ils dormaient. Il saisit délicatement la couverture des deux jeunes filles et l'échangea avec celle de ses frères. Un moment après, la mère des jeunes filles entra sans bruit, son grand couteau à la main. Elle se dirigea vers la couverture aux têtes de lion, poignarda les deux corps se trouvant dessous et sortit rapidement. Sans le savoir, elle venait de tuer ses filles. Terrorisé, Ablaye attendit un moment avant de réveiller ses frères. Il leur expliqua ce qui venait de se passer. Les malheureux ne purent retenir leurs larmes en constatant le décès de leurs fiancées.

— Il faut fuir sans attendre, conseilla Ablaye, car nous risquons d'être accusés de meurtre.

Les trois frères quittèrent la case sans bruit et s'évanouirent dans la nuit.

À l'aube, la mère des jeunes filles hurla de désespoir en prenant conscience de ce qu'elle avait fait. Elle s'élança aussitôt à la poursuite des trois garçons. Comme ils avaient beaucoup d'avance, elle ne put les rattraper. Et lorsqu'elle atteignit leur village, ils étaient déjà dans leur case. Elle prit alors l'apparence d'une vieille mendiante en guenilles et se mit à demander l'aumône.

Ablaye conseilla aux gens de son village de lui donner quelque chose.

— C'est la seule façon pour vous de ne pas avoir d'ennuis, car c'est une sorcière, leur dit-il.

Les plus têtus refusèrent de donner quoi que ce soit. Pour les punir de leur avarice, elle leur jeta un sort et disparut. Ils perdirent leurs yeux, qui s'envolèrent et se retrouvèrent quelques instants plus tard dans la case de la sorcière.

Ablaye décida de faire de son mieux pour rendre leurs yeux à ceux qui les avaient perdus. Afin d'éviter d'être reconnu, il prit l'apparence d'un singe et se rendit chez la sorcière. Il pénétra dans sa case et trouva vite les yeux, qu'il récupéra. Il prit aussi un gros œuf dont la coquille était de couleur noire. Mais la sorcière le surprit. Il s'échappa et elle le poursuivit. Il courait vite. La sorcière aussi. Quand elle fut en passe de le rattraper, il saisit l'œuf noir et le jeta derrière lui. Il se brisa et il en sortit un énorme rocher. Comme la sorcière était très près, elle ne parvint pas à l'éviter. Elle le heurta et fut aussitôt pétrifiée[1]. Ablaye put rentrer chez lui sain et sauf. Après avoir repris son apparence humaine, il rendit leurs yeux à ceux qui les avaient perdus.

Pour le remercier, les villageois organisèrent une grande fête, au cours de laquelle il fut baptisé. Il garda toute sa vie l'apparence d'un enfant de dix ans. Mais ses conseils étaient ceux d'un homme avisé que tout le monde venait consulter. Ablaye vécut longtemps, heureux et respecté de tous.

[1] Changée en pierre.

8. Les jumelles

Mieux vaut parfois savoir reconnaître la vérité.

Il était une fois deux femmes. Elles étaient jumelles et vivaient dans un petit village en pleine brousse. Elles étaient inséparables et, comme elles ne trouvaient pas de mari, elles partageaient la même case. On les avait surnommées «les deux dromadaires». Elles le savaient et ne s'en offusquaient guère, car elles étaient conscientes que la nature ne les avait pas avantagées.

Toutes deux étaient en effet bossues.

Ces deux femmes se ressemblaient tant qu'il arrivait parfois à leur propre mère de les confondre. Mais elles avaient des caractères totalement opposés. L'une était modeste, parlait peu et évitait de se mêler des affaires des voisins. L'autre était prétentieuse, volubile[1] et passait son temps à donner des conseils à tout le village.

Un jour où cette dernière était malade, sa sœur partit seule pour ramasser du bois mort[2]. Elle s'éloigna du village et marcha longuement dans la brousse. Elle finit par découvrir un endroit où le bois était si abondant qu'elle put rapidement constituer un énorme fagot. Après l'avoir chargé sur sa tête, comme le font les femmes africaines, elle voulut rentrer chez elle. Mais un djinn* lui barra le chemin.

[1] Qui parle avec abondance, rapidité.
[2] Pour pouvoir cuisiner, les femmes vont chercher du bois parfois très loin de leur village.

— Qui t'a autorisée à pénétrer sur notre territoire ? lui demanda-t-il.

— J'ignorais que c'était interdit, bredouilla la femme en tremblant.

— Tu es venue ici pour nous espionner !

— Non, juste pour ramasser un peu de bois.

— Mais ton fagot est énorme, que vas-tu faire de tout ça ?

— Je vais l'utiliser pour faire cuire mes repas.

— Tu emporteras ce bois tout à l'heure, dit le djinn. Pour l'instant, je t'invite à te joindre à notre fête.

Et après qu'elle eut déposé son fagot sur le sol, il l'entraîna par la main. Un peu plus loin se trouvait un groupe de djinns qui dansaient et chantaient. Ils étaient plus de cent. La femme se mêla aux danseurs en tremblant. Elle imita timidement leurs pas et répéta avec eux leur refrain :

Nous sommes les djinns de la brousse,
Les seuls à n'avoir peur de rien.
Jamais nous n'avons eu la frousse,
Pas même du lion ce vaurien.

Elle avait une voix si belle que tous les djinns cessèrent de danser et de chanter pour mieux l'entendre. Puis ils reprirent en chœur tout en poursuivant leur danse. La fête dura plusieurs heures. Quand elle fut terminée, le chef des djinns s'approcha de la femme pour lui parler.

— Tu possèdes une voix merveilleuse, lui dit-il.

La femme ne répondit rien et se contenta de sourire. Le chef des djinns lui expliqua ensuite qu'il organisait chaque jeudi une fête à laquelle étaient conviés tous ses congénères.

— Tu pourras te joindre à nous quand tu voudras, ajouta-t-il. Je t'autorise aussi à ramasser ici autant de bois que tu le souhaiteras. Et puisque j'en ai le pouvoir, je vais te soulager de ton disgracieux fardeau.

Il saisit sa bosse des deux mains et la lui enleva.

— Merci, dit la femme avant d'aller récupérer son fagot et de regagner son village.

Quand sa sœur vit qu'elle n'était plus bossue, sa stupéfaction fut si grande qu'elle trouva la force de se lever malgré la fièvre qui la clouait au lit.

Et elle la pressa de questions :

— Où est ta bosse ? Quand l'as-tu perdue ? Comment cela t'est-il arrivé ? Qui t'a aidée à t'en débarrasser ?

— Je vais tout t'expliquer, répondit l'autre avant de lui raconter ce qui s'était passé.

— Le chef des djinns acceptera-t-il de m'enlever ma bosse comme il l'a fait pour toi ?

— Il m'est difficile de te répondre.

Le jeudi suivant, la bossue alla rendre visite aux djinns. Elle fit ce que lui avait conseillé sa sœur. Elle dansa avec eux. Puis elle mêla sa voix à la leur et chanta leur refrain à tue-tête :

Nous sommes les djinns de la brousse,
Les seuls à n'avoir peur de rien.
Jamais nous n'avons eu la frousse,
Pas même du lion ce vaurien.

Mais contrairement à sa jumelle, elle chantait faux, si faux que les djinns durent s'interrompre.

— Tu perturbes notre fête, lui reprocha leur chef.

— Pourquoi ? s'étonna-t-elle.

— Parce que tu chantes faux !

— Pas du tout, protesta la bossue en prétendant que dans son village tout le monde s'accordait pour dire qu'elle était la meilleure chanteuse.

— Non seulement tu chantes faux, mais en plus tu racontes n'importe quoi, souligna-t-il.

— Ce n'est pas vrai ! tenta-t-elle de protester sous les huées des djinns.

— Tu ferais mieux de te taire, conseilla le chef.

— Pas du tout, puisque je suis une excellente chanteuse.

— Si tu t'étais abstenue de mentir, je me serais contenté de te chasser. Mais comme tu t'obstines à dire n'importe quoi et que tu le fais avec beaucoup d'effronterie, je vais devoir te punir.

Tous les djinns se mirent alors à crier en chœur :

— Double-lui sa bosse, double-lui sa bosse.

Le chef acquiesça de la tête. Il prit la bosse qu'il avait enlevée à la première femme et la colla sur le dos de sa sœur. Horrifiée par ce qui lui arrivait, celle-ci prit aussitôt la fuite en hurlant de désespoir. Elle regagna son village en sanglotant et faillit mourir de honte en le traversant.

Les villageois cessèrent alors d'utiliser le surnom qu'ils avaient donné aux deux jumelles. Et comme elles demeuraient inséparables, ils se mirent progressivement à dire : « la chamelle », pour parler de celle qui avait deux bosses, et « le chamelier », pour désigner l'autre.

« La chamelle » ne trouva pas plus de mari que par le passé. Quant à sa sœur, elle refusa tous ceux qui se présentèrent, qu'ils soient du village ou d'ailleurs.

9. Le secret

Dire son secret, c'est se trahir soi-même.

Un vieil homme vivait pauvrement avec sa femme et leurs cinq enfants dans un petit village perdu de la brousse. Un jour où il allait récolter du vin de palme, il trébucha sur un bâton en travers du chemin. « Fatigué comme je suis, se dit-il, ce bâton va me servir de canne et me rendre de grands services. » Il se baissa et le ramassa. À peine eut-il le bâton en main que celui-ci se mit à parler. Effrayé, le vieil homme le lâcha aussitôt et fit quelques pas en arrière.

— Qui es-tu ? demanda-t-il d'une voix tremblante. Un génie maléfique métamorphosé en canne ?

— N'aie aucune crainte, je ne te veux pas de mal.

— Dis-moi qui tu es ! insista le vieil homme.

— Je suis la chance de ta vie, un bâton magique que tu devras garder précieusement puisqu'il t'assurera ainsi qu'à ta famille de quoi manger et vous vêtir. Mais à la seule condition que tu gardes pour toi ce secret. Si, par malheur, tu le divulgues, tu subiras un châtiment exemplaire.

Le vieil homme promit de ne jamais en parler à personne. Il ramassa le bâton magique, poursuivit son chemin et alla récolter son vin de palme.

Cette année-là, son unique vache donna autant de lait que l'ensemble des autres vaches du village et la récolte de son modeste champ fut exceptionnelle. Si bien que ses voisins l'envièrent, puis le jalousèrent. L'année suivante fut encore meilleure. On se mit alors à le détester. Certains racontèrent que sa femme était une sorcière. D'autres prétendirent qu'il avait passé un pacte avec les génies. Progressivement tous ses amis lui manifestèrent une totale indifférence. Et il se mit à regretter l'époque où il était pauvre.

Deux autres années s'écoulèrent au cours desquelles la vie, malgré la richesse, devint intolérable pour le vieil homme. Son fils aîné lui suggéra plusieurs fois de partir vivre ailleurs. Il refusa et préféra réunir les notables du village.

— C'est à cette canne trouvée sur un chemin, dit-il en la leur montrant, que je dois ma richesse.

— Tu avais promis de ne révéler ce secret à personne, lui reprocha le bâton magique.

Au même instant, ce dernier se métamorphosa en serpent et piqua le vieil homme, qui mourut dans d'atroces souffrances.

10. Le lièvre, l'éléphant et l'hippopotame

Il faut toujours se méfier des beaux parleurs, surtout lorsqu'on a affaire au lièvre.

Le lièvre décida un jour de devenir cultivateur. Comme il avait besoin de deux bœufs pour pouvoir labourer et qu'il n'avait pas d'argent pour les acheter, il déambulait le long du fleuve à la recherche de quelqu'un qui accepterait de les lui prêter.

Ce matin-là, il avait demandé de l'aide à la girafe, puis au rhinocéros, mais ni l'un ni l'autre ne possédaient d'animaux de trait. Soudain, il aperçut l'hippopotame, qui se baignait près de la rive et, comme de coutume, soufflait bruyamment avec ses gros naseaux.

— Frère, lui dit le lièvre, je viens de me lancer dans la culture du maïs et j'aurais besoin de ton aide.

— Je n'entends rien à ce métier, répondit l'autre. Mais que puis-je faire pour toi ?

— Il me faudrait deux bœufs pour labourer. Pourrais-tu me les prêter ?

— Je ne peux t'en prêter qu'un seul, et encore à condition que tu ne le gardes pas trop longtemps, dit l'hippopotame.

— Je te le rendrai très vite, s'empressa de répondre le lièvre.

Ils prirent rendez-vous pour le lendemain et le lièvre s'en fut heureux après l'avoir remercié.

Quelques heures plus tard, il rencontra l'éléphant. Il lui parla de son projet en ne manquant pas de solliciter son aide.

— J'accepte de te prêter un bœuf. Mais il faudra me le rendre assez vite, dit l'éléphant.

Dès qu'il fut en possession des bœufs, le lièvre, qui n'aimait guère travailler, décida d'abandonner son projet de culture de maïs. Et il se mit à louer les deux animaux aux paysans qui n'en possédaient pas. Il put ainsi gagner sa vie sans effort. Une année s'écoula, au cours de laquelle le lièvre mit tout en œuvre pour ne jamais rencontrer l'hippopotame et l'éléphant, et ainsi éviter d'avoir à leur rendre leur bien. Ceux-ci finirent par s'impatienter.

L'hippopotame demanda donc à l'hyène de se rendre chez le lièvre et de l'informer qu'il souhaitait récupérer son bœuf rapidement. De son côté, l'éléphant pria son amie la girafe de faire de même. Il était onze heures le lendemain quand le lièvre se rendit chez l'hippopotame en emportant une longue et solide corde.

— Pourquoi n'as-tu pas ramené mon bœuf ? grogna l'hippopotame sur un ton menaçant.

— J'ai essayé plusieurs fois, mais il s'y est opposé. Il dit qu'il est mieux nourri chez moi que chez toi, prétendit le lièvre. Prends donc le bout de cette corde. Je vais aller attacher ton bœuf à l'autre extrémité. À midi tu n'auras qu'à tirer pour l'obliger à revenir chez toi.

L'hippopotame saisit la corde. Le lièvre prit l'autre extrémité et alla chez l'éléphant.

— Il y a très longtemps que je t'ai prêté un bœuf, lui lança ce dernier qui tentait de calmer sa colère en arrachant des racines. Qu'attends-tu pour me le rendre ?

— Je suis là pour ça, bredouilla le lièvre. Ton bœuf est attaché au bout de cette corde. Prends-la et tire dessus pour le récupérer. Moi, je n'ai pas assez de force pour le faire avancer.

L'éléphant se mit à tirer sur la corde. Comme il était midi, l'hippopotame tira aussi. La tâche était rude, si rude que ni l'un ni l'autre ne comprenaient comment un bœuf pouvait manifester autant de résistance. Ils tirèrent de toutes leurs forces et luttèrent avec une telle rage que chacun gagna progressivement du terrain. Puis vint le moment où ils furent suffisamment proches pour se voir. Leur surprise fut grande. Très vite, elle fit place à la colère, car passé les premiers moments d'étonnement, tous deux comprirent qu'ils s'étaient fait berner. Après que chacun eut conté à l'autre sa mésaventure, ils jurèrent de se venger.

— Tant que je serai vivant, déclara l'hippopotame, j'interdirai au lièvre de boire l'eau du fleuve.

— Et moi, ajouta l'éléphant, je l'empêcherai de manger l'herbe du plateau.

Or le lièvre était tout près, caché derrière une termitière*, et il les entendait. Quand ils eurent cessé de parler, il s'éloigna discrètement, et après avoir erré dans la brousse, il tomba par hasard sur le cadavre d'un chat sauvage. Malgré l'odeur pestilentielle[1] qui s'en dégageait, le lièvre récupéra sa peau couverte de vers et il s'en revêtit avant de se diriger vers le fleuve. L'hippopotame surveillait la rive. Il vit arriver le lièvre mais le prit pour un chat sauvage.

— Pourquoi es-tu dans cet état ? lui demanda-t-il.

— À cause du lièvre, répondit l'autre. Je lui avais généreusement prêté un bœuf et, lorsque j'ai exigé qu'il me le rende, il m'a jeté un mauvais sort.

[1] Puante.

— J'ai eu aussi un problème avec le lièvre, dit alors l'hippopotame. Je comptais lui interdire de venir boire ici, mais je pense qu'il est préférable de lui pardonner.

— Tu as raison, il vaut mieux éviter la colère de cet animal malfaisant.

Le lièvre but, puis se dirigea vers le plateau, toujours dissimulé sous la peau du chat sauvage. L'éléphant l'aperçut et alla à sa rencontre.

— Que t'est-il arrivé ? lui dit-il.

— Je suis victime d'un mauvais sort jeté par le lièvre, à qui j'avais prêté un bœuf, expliqua la bête puante.

— Moi aussi, j'ai eu un problème avec le lièvre. Et pour éviter d'avoir à souffrir des mêmes maux que toi, je vais renoncer à me venger.

— C'est peut-être préférable, dit l'autre en prenant congé.

Le lendemain, le lièvre revint voir l'éléphant, mais cette fois sans sa peau nauséabonde[2]. Quand il le vit, le pachyderme oublia les paroles prononcées la veille en présence

[2] Qui dégage de mauvaises odeurs.

du chat sauvage et il l'accueillit avec agressivité.

— Je t'avais prêté un bœuf et tu m'as rendu un hippopotame, lui reprocha-t-il. Aussi mérites-tu que je te réduise en bouillie.

Alors le lièvre agita ses gris-gris et commença à prononcer des formules incompréhensibles. L'éléphant prit peur.

— Oublions tout ça, s'empressa-t-il d'ajouter. Cette fois-ci, je veux bien te pardonner, mais ne reviens jamais m'emprunter la moindre chose.

Le lièvre rangea ses gris-gris et prit la direction du fleuve. L'hippopotame se mit en colère en l'apercevant. Il avait oublié, lui aussi, ce qu'il avait dit la veille au chat sauvage et il menaça le lièvre. Celui-ci sortit ses gris-gris et prononça des paroles que l'hippopotame ne comprit pas, mais qui le terrorisèrent.

— Je te pardonne, ami lièvre, l'interrompit-il, mais à l'avenir n'essaye plus de m'emprunter quoi que ce soit, car je n'ai guère apprécié que tu me rendes un éléphant, alors que je t'avais prêté un bœuf.

C'est ainsi que, grâce à ses ruses, le lièvre put conserver ses deux bœufs et vivre tranquillement en continuant de les louer aux paysans de la région qui n'en possédaient pas.

11. Le plus fort

Le plus fort n'est pas toujours celui qu'on croit.

Un homme effectuait un long voyage à pied en compagnie de son fils qui était intelligent et curieux. Le garçon aimait profondément son père. Comme tous les enfants, il pensait que celui-ci était l'être le plus fort qui fût. Il est vrai que le père était grand et athlétique et qu'il avait sauvé la vie à son fils en tuant un lion qui l'attaquait.

— Tu es le plus fort, lui répétait chaque jour le garçon.

Le père ne répondait rien.

Un matin, ce dernier se blessa en marchant sur une pierre pointue qui lui entama le pied. Après s'être passé de l'eau sur la plaie, il repartit en boitant.

— Aujourd'hui les pierres sont plus fortes que mon père, murmura l'enfant.

Comme la douleur était vive, l'homme ramassa au bord du chemin un bâton, sur lequel il s'appuya pour marcher et qu'il utilisa aussi pour écarter les pierres.

— Le bâton est plus fort que les pierres qu'il chasse du chemin, constata le garçon.

À l'heure du déjeuner, ils firent halte à l'ombre d'un rônier*. Ils mangèrent et firent la sieste. Avant de repartir, le père sortit son couteau et, comme le bâton était trop long, il en coupa un morceau.

— Le fer est plus fort que le bâton, remarqua le fils.

Quelques jours plus tard, en fin d'après-midi, ils arrivèrent dans un village. À l'entrée, un forgeron faisait fondre du fer.

— Le feu est plus fort que le fer, dit l'enfant.

Il eut du mal à détacher son regard du forgeron en sueur qui fabriquait des outils en coulant le métal en fusion dans des moules.

— L'homme demeure le plus fort, ajouta le garçon.

— Rien n'est moins sûr, répliqua le père.

Tous deux s'installèrent dans une case voisine de celle où habitait le forgeron. Celui-ci avait une jolie femme qui lui faisait faire tout ce qu'elle voulait. Ils l'entendirent donner des ordres à son mari.

— C'est la femme qui est plus forte que l'homme, poursuivit le garçon.

— Cela arrive parfois, répondit le père.

La femme du forgeron avait accouché quelques semaines plus tôt. Son nourrisson était malade ce soir-là. Il pleurait tant qu'il la contraignit à veiller une partie de la nuit.

— Le bébé est plus fort que la femme, commenta le garçon.

— Ne tire pas de conclusions hâtives, dit le père.

À l'aube le lendemain, le nourrisson mourut.

— Je sais maintenant que la mort est la plus forte, déclara le fils en apprenant la triste nouvelle.

— Tu as raison. Elle frappe souvent sans qu'on s'y attende vraiment, et nul ne peut s'opposer à elle, conclut le père.

12. La lune et les étoiles

Comment la lune et les étoiles retrouvèrent-elles leur place dans le ciel après avoir été avalées par un monstre ?

Jadis, un monstre hideux, à la peau couverte de grosses écailles grises, avala la lune et les étoiles. Les nuits devinrent noires, très noires, encore plus noires que ces nuits sans lune qu'on connaissait parfois avant l'arrivée du monstre. Privé du scintillement des étoiles, le ciel semblait inexistant.

Tous les animaux étaient très contrariés par cette situation inhabituelle. Ils tinrent conciliabule et décidèrent d'attaquer le monstre pour récupérer les joyaux de la nuit et les replacer sur le velours noir de leur écrin. Il fallut trouver quelqu'un d'assez courageux pour assurer cette dangereuse mission. Le temps passait et personne ne semblait volontaire. La tortue finit par proposer ses services.

— Je vais obliger le monstre à restituer ce qu'il a volé, déclara-t-elle d'un air décidé.

On l'acclama pour son courage avant de lui donner le couteau qu'elle demandait pour éventrer le monstre. Elle prit la direction de la forêt où vivait ce dernier. En arrivant, elle entendit d'effroyables grognements.

— Je sens quelqu'un approcher, hurla le monstre. Qui que tu sois, sache que si tu ne t'éloignes pas rapidement, je vais te happer et te broyer avec mes puissantes mâchoires.

La tortue se mit à trembler et fit aussitôt demi-tour. Elle était si apeurée qu'elle perdit son chemin et finit par tomber dans un trou, où elle se retrouva sur le dos. Malgré tous ses efforts, elle ne parvint pas à se retourner et mourut en tendant désespérément ses quatre pattes vers le ciel.

Comme personne ne la voyait revenir, les animaux en conclurent que le monstre l'avait mangée. Ils cherchèrent alors un autre volontaire pour s'attaquer à lui. L'oryx[1] se présenta.

— Je vais m'occuper de ce monstre et lui reprendre ce dont il nous a privés, dit-il avec fermeté.

Tous les animaux applaudirent à ses paroles et l'encouragèrent à partir sans attendre. L'oryx parcourut rapidement le chemin menant à la forêt, un long couteau entre les dents. Il y pénétra et entendit le monstre pousser d'horribles grognements et proférer des menaces. Glacé de peur, il eut un malaise et il tomba raide mort.

Quelque temps après, le chat sauvage voulut prendre le relais.

— Pour réussir là où les deux autres ont

[1] Antilope aux cornes longues et légèrement incurvées.

échoué, expliqua-t-il avec beaucoup de conviction, je profiterai de la nuit et de ma vue perçante. Mais j'ai besoin au préalable de reprendre des forces. Offrez-moi donc un grand plat de riz à la sauce d'arachide*, et je vous rapporterai la lune et les étoiles.

Les paroles du félin firent sourire tout le monde et personne ne le prit au sérieux. Il se trouva pourtant un animal qui, après avoir réfléchi, voulut le satisfaire et lui servit une grande calebasse de riz. À peine restauré, le chat sauvage courut vers la forêt. Il était si pressé qu'il partit sans couteau. Le monstre grogna et menaça en l'entendant approcher. Le félin imita sa voix et lui renvoya les mêmes paroles, ce qui rendit l'autre fou de colère. Quand ils furent face à face, le chat sauvage prit conscience du danger qu'il courait et fut saisi de tremblements convulsifs. Il tenta un saut pour prendre la fuite. Mais il se montra si maladroit qu'il retomba dans l'immense gueule du monstre. Il pénétra dans son ventre, s'empara des étoiles et ressortit par son derrière. Dans sa précipitation, il oublia la lune. Une fois à l'air libre, il jeta les étoiles en l'air.

Elles reprirent leur place dans la voûte céleste et étincelèrent à nouveau dans la nuit.

Le monstre, qui s'était retourné, ouvrit son immense gueule pour happer le félin. Mais ce dernier avait retrouvé son courage. Il sauta dans le gouffre lui faisant face et ressortit par le derrière du monstre avec cette fois la lune sous le bras. Il la jeta vers le ciel, où elle reprit sa place parmi les étoiles.

Les animaux réservèrent au chat sauvage un accueil triomphal et le proclamèrent prince de la savane. Quant au monstre, il devint la risée de tous. Il en éprouva une telle honte qu'il finit par émigrer vers d'autres contrées.

13. Les trois hommes

Les talents sont variables d'un individu à un autre. Mais tous ne se valent-ils pas ?

Jadis vivaient trois hommes qui avaient été chassés de leurs villages respectifs. Le premier, à cause de la force dont il faisait preuve avec son pied droit. Le second, parce qu'il possédait une habileté étonnante dans différents domaines. Et le troisième, à cause de sa grande malice.

Ces trois hommes se rencontrèrent un jour de marché sur la place d'une petite ville. Ils parlèrent longuement de la jalousie et de la méchanceté des gens dont ils avaient été victimes et finirent par se lier d'amitié. Ils décidèrent alors de voyager ensemble.

Dès le lendemain matin, ils s'engagèrent dans la brousse en direction de l'océan. Après plusieurs jours de marche, ils manquèrent d'eau. Comme ils ne trouvaient ni fleuve, ni puits, ni source, ils furent vite au bord de l'épuisement. Ce qui les contraignit à s'arrêter afin de se concerter. Ils s'assirent sous un baobab et discutèrent calmement.

Pour éviter de mourir de soif, les trois hommes décidèrent de mettre à profit leurs qualités respectives, celles-là mêmes qui leur avaient valu l'expulsion de leurs villages. Le premier se leva, s'éloigna du baobab et frappa le sol du pied. Il le fit avec une telle force qu'il fora un puits du premier coup. Il se pencha et aperçut l'eau qui scintillait dans le fond. Le second saisit le puits, le tira vers le haut et l'inclina pour mettre l'eau à leur portée.

Chacun put ainsi se désaltérer longuement. Au moment de repartir, le troisième enleva le puits et le mit sur son épaule.

— Nous aurons ainsi toujours de l'eau avec nous, dit-il à ses compagnons.

À votre avis, quel est celui des trois hommes qui mérite le plus l'admiration?

14. L'hyène, le bœuf et l'éléphant

L'ingratitude est souvent punie par un juste châtiment.

Cette nuit-là, comme toutes les nuits, l'hyène avait couru dans la brousse à la recherche de nourriture. Elle avait été malchanceuse et n'avait rien trouvé. Si malchanceuse qu'au petit matin elle était même tombée dans un grand trou. Probablement un de ceux creusés par les braconniers pour piéger le gros gibier. Elle avait essayé de sortir de là, mais en vain, car les parois du trou étaient trop abruptes. Alors elle s'était mise à hurler pour appeler à l'aide. Elle hurlait si fort que toute la brousse résonnait de ses cris. Et comme personne ne semblait vouloir l'entendre, elle commençait à désespérer. Elle tremblait de colère et de peur. De peur surtout à l'idée que les braconniers, qui n'avaient de pitié pour personne, ne manqueraient pas de la tuer s'ils la trouvaient là au petit matin.

Le disque solaire s'élevait rapidement dans l'azur et commençait à inonder la brousse de sa lumière crue, quand apparut le bœuf au bord du trou. Il était bon et généreux et fut saisi de compassion en apercevant l'hyène. Mais le bœuf avait appris à être prudent et il hésitait à lui porter secours. L'hyène le supplia de la tirer de là.

— Laisse pendre ta queue le long de la paroi afin que je puisse m'y accrocher, lui dit-elle. Ensuite tu pourras me sortir de ce trou.

— J'hésite à te rendre service, répondit le bœuf, car aussitôt sauvée, tu risques de te jeter sur moi pour me dévorer.

— Pas du tout, protesta l'autre, fais-moi confiance ! Je jure que je ne te ferai aucun mal. Et sache que, pour te remercier de ton aide, je t'accorderai ce que tu voudras.

Le bœuf finit par se laisser convaincre. Il fit glisser sa queue dans le trou. L'hyène s'y agrippa. Et il la tira hors de sa prison. À peine était-elle libre qu'elle se jeta sur lui pour le tuer. Mais comme elle manquait de force après la terrible nuit qu'elle venait de passer, elle ne parvint pas à le saisir à la gorge. Et c'est le bœuf qui lui assena un coup de sabot qui faillit l'assommer. L'hyène reprit vite ses esprits et voulut se jeter à nouveau sur le bœuf. Mais fort heureusement pour ce dernier, l'éléphant passait par là.

Il poussa un barrissement désapprobateur qui calma aussitôt les ardeurs de l'hyène.

— Je vais arbitrer votre querelle, leur dit-il.

Après les avoir entendus tous les deux, il déclara que l'affaire était difficile à juger et que, pour lui permettre de bien comprendre, il fallait avant tout que chacun reprenne la place qu'il occupait précédemment. Il ordonna donc à l'hyène de retourner dans le trou. Elle fut assez stupide pour obéir. L'éléphant se tourna alors vers le bœuf.

— Rentre rapidement chez toi et à l'avenir évite d'aider les êtres malfaisants, lui conseilla-t-il.

Quant à l'hyène, personne d'autre dans la brousse n'accepta de l'aider et elle mourut au fond du trou.

15. Histoire de l'homme qui voulait choisir sa femme tout seul

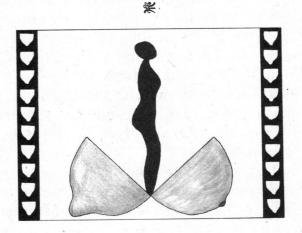

En Afrique, la coutume veut que les parents décident des alliances pour le bien, pensent-ils, de leurs enfants et de la communauté. Voici un conte visant à perpétuer cette coutume.

Un jeune homme fortuné, que toutes les filles en âge de se marier s'accordaient à trouver beau, demeurait célibataire. Il refusait systématiquement toutes celles qu'on lui présentait, même les plus belles, car il s'était mis en tête de trouver seul son épouse.

Un jour, il décida d'aller à sa recherche. Il se leva de bonne heure, prit des provisions pour la route, sauta sur son cheval et partit au galop. À l'heure du déjeuner, il rencontra un vieillard, avec lequel il partagea son repas.

— Quel est le but de ton voyage, mon fils ? lui demanda le vieil homme.

— Je suis à la recherche d'une fille qui me plaise vraiment, car j'ai décidé de me marier.

— Personne dans ta famille n'a pu t'en trouver une ?

— Jusqu'ici j'ai toujours refusé celles que mes parents avaient choisies pour moi.

— Tu as eu tort, dit le vieillard. Mais comme tu es généreux, je vais t'aider. En poursuivant ton voyage vers l'océan durant un jour ou deux, tu vas tomber sur une forêt. Dans cette forêt poussent quelques citronniers. Quand tu les auras trouvés, tu cueilleras trois citrons en prenant soin de choisir les plus gros. Tu les couperas en deux et, chaque fois, il en sortira une jeune fille en âge de se marier.

Le jeune homme le remercia et prit congé. Il galopa à bride abattue[1] et atteignit la forêt en moins d'une journée. Il s'y engagea aussitôt. Elle était vaste et il ne parvint à trouver les citronniers qu'après y avoir erré longuement. Il descendit alors de son cheval, l'entrava et le laissa brouter l'herbe. Les citronniers exhalaient[2] leur doux parfum acidulé. Comme c'étaient des citronniers des quatre saisons, ils portaient à la fois des fleurs, des petits citrons encore verts, et des citrons mûrs dont la couleur jaune fonçait à mesure qu'ils grossissaient.

Le jeune homme grimpa dans les arbres et cueillit trois énormes citrons qui pesaient chacun près d'un kilo. Le premier avait la peau si épaisse qu'il eut du mal à le couper en deux. Il en sortit une belle jeune fille.

— Donne-moi du mil*, lui dit-elle aussitôt.

— Je n'en ai pas.

— Alors, donne-moi un joli pagne*.

— Je n'en ai pas non plus.

— Si tu n'as rien, je ne veux pas aller avec toi, lui lança-t-elle avant de réintégrer le citron

[1] Rapidement.
[2] Répandaient dans l'air.

qui reprit sa place sur le citronnier où il avait été cueilli.

Le jeune homme saisit le deuxième citron, y plongea son couteau et le coupa en deux. Une très jolie fille en sortit.

— As-tu du mil à me donner ? lui demanda-t-elle.

— Non.

— Alors, donne-moi un beau pagne.

— Je n'en ai pas non plus.

— Puisque tu n'as rien à m'offrir, je n'irai pas avec toi, lui dit la jeune fille avant de retourner dans le deuxième citron qui reprit sa place sur le citronnier d'où il venait.

Le jeune homme mit le troisième citron dans son sac, enfourcha sa monture et quitta la forêt. Il finit par arriver dans un village où il acheta du mil et un pagne. Puis il repartit. Dès qu'il fut suffisamment loin, il s'arrêta et coupa en deux le troisième citron. Une jeune fille à la beauté indicible apparut.

— Donne-moi du mil, lui dit-elle en souriant.

Le jeune homme lui servit ce qu'elle demandait. Elle le remercia et mangea avec appétit.

— Peux-tu m'offrir un pagne ? lui demanda-t-elle.

— En voici un !

— Je veux bien te suivre, puisque tu es généreux, lui déclara la jeune fille.

Il la fit monter en croupe sur son cheval et ils partirent. Ils prirent la direction du village où habitait le jeune homme. Il ne leur restait qu'une dizaine de kilomètres à parcourir quand ce dernier aperçut un arbre immense et décida de s'arrêter.

— Nous allons nous installer là, dit-il.

Ils vécurent dans l'arbre, où la ravissante jeune femme mit au monde un garçon.

Un matin, le jeune homme annonça à sa compagne qu'il allait se rendre dans son village.

— Je dois informer ma famille que j'ai trouvé une femme qui m'a donné un fils. Attends-moi dans cet arbre et évite d'en descendre, ajouta-t-il avant de s'éloigner.

Le lendemain, une sorcière qui passait par là aperçut la jeune femme et son fils. Elle était laide et méchante et ne vivait que pour provoquer le malheur des autres. Elle demanda à la jeune femme ce qu'elle faisait dans cet arbre.

— Je vis là en attendant le retour de mon mari, qui est allé prévenir sa famille qu'il avait trouvé une femme.

— Tu es belle, dit la sorcière, mais pas très bien coiffée. Descends, je vais te tresser les cheveux.

— Mon mari m'a conseillé de ne pas descendre.

— Tu ne risques rien. Je vais te faire une belle coiffure qui te permettra de lui plaire encore plus.

La jeune femme accepta. La sorcière la tressa durant plusieurs heures[3]. Quand elle eut terminé, elle sortit de sa poche une aiguille maléfique. Elle la planta dans le crâne de la jeune femme, qu'elle métamorphosa ainsi en oiseau. Un bel oiseau, qui portait une longue huppe, et qui prit aussitôt son envol. La sorcière s'installa ensuite dans l'arbre à la place de la jeune femme et s'occupa de l'enfant.

Le mari revint et s'étonna de ne pas retrouver sa femme.

[3] Les coiffures africaines sont longues à exécuter et nécessitent de nombreuses heures de travail.

— Qui es-tu? demanda-t-il à la sorcière.

— Je suis ta femme, répondit-elle.

— C'est impossible!

— Il faut que tu saches que les femmes de ma famille se transforment. Un jour elles sont belles, et le lendemain elles peuvent devenir laides, pour redevenir ensuite très jolies.

— J'ai annoncé à tout le monde que j'avais trouvé une belle femme, dit tristement le mari, et maintenant que tu es devenue laide, je vais devoir subir la honte de ma vie en t'emmenant dans mon village, où je serai la risée générale.

Le malheureux homme ne se trompait pas. Il fit une arrivée remarquée dans son village. Tous ceux qu'il croisa se retournèrent sur son passage pour le critiquer et certains n'hésitèrent pas à se moquer ouvertement de lui.

— Et dire qu'on lui a proposé les plus belles filles du pays, lança un voisin.

— Il a eu tort de vouloir faire son choix tout seul, dit un autre.

— Pourquoi ne nous as-tu pas écoutés? lui reprochèrent ses parents.

Le malheureux eut beau leur expliquer que sa femme était jolie quand il l'avait rencontrée, personne ne voulut le croire. Avec le temps, il s'habitua à vivre avec elle sans jamais la soupçonner d'être une sorcière. Pour nourrir sa famille, il allait chasser chaque jour. Quand son fils eut suffisamment grandi, il commença à l'emmener avec lui. Un matin où ils étaient partis ensemble, il tua deux oiseaux et en blessa un troisième légèrement à une aile. C'était l'oiseau à la huppe, celui en qui la sorcière, grâce à son aiguille maléfique, avait métamorphosé la mère du petit garçon. Ce dernier le soigna et l'apprivoisa. L'oiseau l'avait reconnu et l'aimait. La sorcière aussi avait reconnu l'oiseau. Elle décida donc de s'en débarrasser.

— Tu as suffisamment engraissé cet oiseau, dit-elle à l'enfant un jour où elle était seule avec lui. Il est temps de le tuer pour le manger.

Le garçon refusa et pleura.

— Je ne veux pas qu'on le mange, supplia-t-il en caressant la tête de l'oiseau.

C'est alors qu'il sentit l'aiguille qui dépassait légèrement de son crâne, mais qu'on ne voyait guère à cause de la huppe qui la cachait. Surpris, l'enfant regarda sous les plumes. Il saisit délicatement l'aiguille et l'arracha.

L'oiseau disparut et fit place à la mère du garçon. Elle serra longuement son fils dans ses bras tandis que la sorcière prenait la fuite. À son retour, le mari crut que son épouse s'était à nouveau transformée.

— Je suis heureux que tu sois enfin redevenue aussi belle qu'avant, s'exclama-t-il.

— Je n'ai jamais été laide, répondit-elle avant de lui expliquer ce qui s'était réellement passé.

Le mari fut surpris et très contrarié par ce que lui raconta sa femme. Il s'empressa d'informer les hommes de son village, qui décidèrent de poursuivre la sorcière. Après plusieurs jours de recherche, ils finirent par la retrouver dans la brousse alors que des lionnes venaient de l'attaquer. Elle fut dévorée sous leurs yeux et ils rentrèrent satisfaits d'en être débarrassés.

Le mari vécut ensuite heureux avec sa femme et son fils sans jamais plus subir les moqueries de personne.

Glossaire

❦

Arachide : Plante tropicale cultivée pour ses fruits (graines) qui se développent sous terre.

Baobab : Grand arbre des savanes, à tronc énorme.

Djinn : Esprit de l'air, bon génie ou démon.

Fromager : Grand arbre d'Afrique, à bois blanc et tendre et à racines énormes.

Jujubier : Arbre ou arbuste épineux aux fruits comestibles.

Mangrove : Forêt de palétuviers poussant dans la vase.

Marigot : Pièce d'eau stagnante.

Mil : Céréale cultivée en Afrique noire.

Pagne : Vêtement de coton porté par les femmes.

Palétuvier : Nom donné à divers arbres des mangroves aux racines aériennes.

Rônier : Grand palmier aux palmes en éventail.

Termitière : Nid en terre construit par les termites, pouvant atteindre plusieurs mètres de haut et se poursuivant dans le sol par de nombreuses galeries.

Table des matières

Jean Muzi

L'auteur-illustrateur est né à Casablanca. Après une enfance marocaine, il fait des études de lettres, de cinéma et d'arts plastiques à Paris. Il aime voyager et connaît bien le monde arabe. Il a deux enfants. Il a longtemps conçu et réalisé des films industriels ou pédagogiques. Aujourd'hui, il s'oriente vers le film documentaire. Homme d'images, il aime aussi les mots. Ses activités oscillent entre l'écriture et le film. Il a beaucoup travaillé sur le conte traditionnel et continue de le faire tout en écrivant des textes plus personnels. Il est passionné par la photographie, le collage et le photomontage.

Il rencontre ses lecteurs dans les bibliothèques, les écoles ou les collèges. Il aime échanger avec eux et leur lire des textes qu'il vient d'écrire. Le plaisir de dire se mêle alors au besoin de tester en direct. Il anime aussi des ateliers d'écriture. Plusieurs de ses livres ont été traduits en espagnol, portugais et italien.

Du même auteur :
16 contes du monde arabe (Castor Poche n° 70)
20 contes des rives du Niger (Castor Poche n° 145)
19 fables de Renard (Castor Poche n° 59)
19 fables du roi lion (Castor Poche n° 90)
19 fables de singes (Castor Poche n° 387)
15 contes de Tunisie (Castor Poche n° 942)
30 contes du Maghreb (Castor Poche n° 953)

L'âne et le lion (Album du Père Castor)
Sauvée par les animaux (Album du Père Castor)

Entre ciel et terre (Hurtubise)
Contes traditionnels de Corse (Milan)
Contes traditionnels de Savoie (Milan)
Mille ans de contes arabes (Milan)

ivez au cœur de vos
passions

La vie en vrai

Passion cheval

Voyage au temps de...

Aventure

CASTOR POCHE

Histoires d'ailleurs

Contes, Légendes et Récits

Policier

Humour

Théâtre

10 contes d'Afrique noire
Ashley Bryan

n°169

Pourquoi la grenouille et le serpent ne jouent-ils plus ensemble ? Pourquoi le buffle et l'éléphant ne seront jamais bons amis ? Pourquoi et depuis quand les animaux ont-ils une queue ? Pourquoi celle du lapin est-elle si ridicule ? Écoutons la réponse du conteur au coin du feu...

Les années

avec **CASTOR POCHE**

15 contes d'Afghanistan
Bertrand Solet

n°898

Terre rude mais très convoitée, l'Afghanistan a vu son patrimoine marqué par de très nombreuses cultures. Ces contes reflètent les influences des envahisseurs grecs, mongols, puis arabes, anglais, mais aussi les combats que ce pays a menés contre eux. 15 contes plein de sagesse, de grands espaces et d'animaux rusés.

Les années

avec **CASTOR POCHE**

On l'appelait Tempête
Colin Thiele

N° 152

Tempête vit seul avec son père en Australie, au bord de l'océan Indien. Un jour, découvre trois jeunes pélican dont la mère a été tuée par des chasseurs. Il les ramène che lui et les soigne. Monsieu Perceval, son préféré, grandi près de lui. Mais les chasseur rôdent toujours...

Les années

avec **CASTOR POCHE**

JOSEP VALLVERDU

Vif-Argent

ENTURE

CASTOR POCHE

if Argent
sep Vallverdu

N°248

Vif-Argent, le jeune chiot, s'est échappé de la voiture de ses maîtres. Après une nuit à la belle étoile, il est recueilli par Louison qui l'emmène vivre avec lui à la ferme. Jour après jour, le chiot fait son apprentissage de la vie. Mais il lui reste de dures épreuves à affronter...

Les années

Nils Holgersson
Selma Lagerlöf

N°654

Pour s'être moqué d'un lutin Nils va être ensorcelé e devenir à son tour tout petit. accomplira un voyage extraor dinaire à travers son pays jusqu'en Laponie, sur Martir un jars qui l'emporte dans le airs. Grâce à ce voyage, Nils v découvrir le monde.

Les années

avec **CASTOR POCHE**

ENTURE

CASTOR POCHE

ambes-Rouge l'apprenti pirate
ans Baumann

N°36

Jambes-Rouges est orphelin. À treize ans, il gagne sa vie chez un meunier. Maltraité, Jambes-Rouges quitte son patron pour devenir marin. Mais le voici embarqué, malgré lui, sur le bateau du terrible pirate Barbe-Rousse ! Pour gagner sa liberté, il devra réussir à berner l'équipage de pirates... Pour cela, il a plus d'un tour dans son sac !

Les années

avec **CASTOR POCHE**

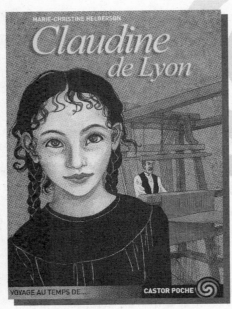

MARIE-CHRISTINE HELGERSON

Claudine de Lyon

VOYAGE AU TEMPS DE...

CASTOR POCHE

Claudine de Lyon
Marie-Hélène Helgerson

N°100

À onze ans, Claudine tisse de la soie dix heures par jour dans l'atelier de son père. Mais ce qu'elle veut, envers et contre tous, c'est aller à l'école afin d'échapper à cette vie misérable.

Marie-Hélène Helgerson a publié dans la collection Castor Poche L'apprenti amoureux, Dans l'officine de Maître Arnaud, Dans les cheminées de Paris, Louison et monsieur Molière, Vas-y Claire !, Quitter son pays et Moi, Alfred Perez.

Les années

avec **CASTOR POCHE**

LORENCE REYNAUD

E LION DE JULIUS

VAGE AU TEMPS DE...

CASTOR POCHE

lion de Julius
orence Reynaud

N°886

Julius a onze ans. Il est temps pour lui d'apprendre le métier de son père, gardien des fauves du grand cirque de Rome. Mais Julius a du mal à accepter les règles de cet univers de violence. Un jour, il découvre, dans une cage, un lionceau entre la vie et la mort. Désormais, il n'a plus qu'une idée en tête : sauver la vie du lion.

Les années

avec **CASTOR POCHE**

VOYAGE AU TEMPS DE...

CASTOR POCHE

Mon ami Louis
Anne-Sophie Silvestre

N°887

Le 14 mai 1610, le roi Henri IV est assassiné. Louis, le futur roi Louis XIII, n'a que huit ans. C'est aussi l'âge de Jean, qui va être le valet de Louis. Cela n'empêche pas une véritable amitié de se tisser entre eux. Au milieu des luttes de pouvoir, les deux garçons deviennent inséparables. Un jour, Louis accède au trône...

Les années

avec **CASTOR POCHE**

Le trésor des Aztèques

ÉVELYNE BRISOU-PELLEN

AGE AU TEMPS DE...

CASTOR POCHE

trésor des Aztèques
elyne Brisou-Pellen

N°171

En 1519, les Espagnols pénètrent dans la ville de Tenochtitlan, future Mexico. Fascinés par l'or, ils cherchent à s'emparer du trésor des Aztèques. Mais le jeune Citlal, proche de l'Empereur, veille. Lorsque le palais est envahi par l'ennemi, il donne l'alerte, et la révolte éclate. Citlal et Mia, son amie de cœur, sont séparés...

Les années

PRIMAIRE

avec **CASTOR POCHE**

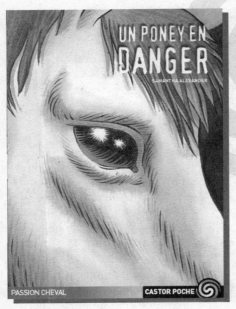

PASSION CHEVAL

CASTOR POCHE

Un refuge pour les poneys
– Un poney en danger
Samantha Alexander

N°883

Mel, Ross et Katie aimeraien
tant ouvrir un refuge pou
poneys malades! Afin de trou
ver de l'argent, ils décider
d'organiser un concours hip
pique dans leur pré. Le mêm
jour, ils reçoivent une mys
térieuse lettre les suppliant d
sauver un poney maltraité
L'enquête commence pour le
trois enfants...

Les années

avec **CASTOR POCHE**

Une jument extraordinaire
Joyce Rockwood

N°6

"Ma jument est vraiment extraordinaire" répète sans cesse écureuil, le jeune Indien Cherokee. Mais, dans le village, tout le monde se moque de lui : sa jument n'a rien de plus qu'une jument comme les autres! Alors, quand elle est volée, personne n'est prêt à aider le jeune garçon à la récupérer. "Eh bien, j'irai, seul, et je la ramènerai."

Les années

avec **CASTOR POCHE**

Une jument dans la tempête
Irène Morck

N°692

Ambrose est certain d'avoir fai[t]
une erreur. Pourquoi a-t-i[l]
acheté Mondaine, une vieill[e]
jument de vingt-cinq ans ? Pou[r]
ses randonnées en montagne[,]
il a besoin d'une bête fort[e]
et résistante ! Heureusement[,]
Mondaine est courageuse e[t]
saura prouver à son maîtr[e]
qu'il est bon de faire confianc[e]
à son cœur...

Les années

avec **CASTOR POCHE**

akavak
mes Houston

Nº1

Akavak est encore un enfant quand il part avec son grand-père pour une longue traversée du Grand Nord Canadien. Dans le froid et la glace, Akavak découvre le secret des montagnes et de la mer gelée. Mais il frôle la mort à plusieurs reprises. Arrivera-t-il au bout du voyage?

James Houston a publié, dans la collection Castor Poche : L'archer blanc, Le passage des loups, et Tikta'Liktak.

Les années

avec **CASTOR POCHE**

HISTOIRES D'AILLEURS

CASTOR POCHE

Perdu dans la taïga
Victor Astafiev

N°147

Deux jeunes garçons, er
Sibérie, vivent des expériences
douloureuses et doivent faire
face à l'inconnu... Perdu dans
l'immense taïga au cours d'une
chasse, Vassia devra réussir à
survivre... Girmantcha, lui,
assiste à un terrible naufrage
et, devenu orphelin, arrive
dans une ville où l'on ne parle
pas sa langue... Deux enfants à
l'épreuve de la vie.

Les années

avec **CASTOR POCHE**

Bo, l'enfant pluie
GUNTER PREUSS

HISTOIRES D'AILLEURS

CASTOR POCHE

o, l'enfant pluie
unter Preuss

N°856

Dans le désert du Kalahari, en plein coeur de l'Afrique, la tribu de Bushmen vit au rythme des saisons. Cette année, la pluie tarde. Et sans eau, la vie est impossible pour le jeune Bo et tout son village. Il n'y a que les babouins qui paraîssent ne pas souffrir de la soif. Bo et son amie Ada décident de percer le secret des singes. Un matin, les enfants quittent le campement...

Les années

avec **CASTOR POCHE**

Badésirédudou
Marie-Claude Bérot

n°847

"Elle va arriver ! Dans trois jour
elle sera dans ma maison
Désirée elle s'appelle ! Un
drôle de nom ! Ce sont le
religieuses de l'orphelina
d'Afrique qui le lui ont donné
C'est ma soeur, mais je ne l'a
jamais vue. Ce n'est pas un
petite soeur minuscule e
douce. Non, c'est une fille d
six ans que mes parents on
adoptée." Et Louis sait trè
bien comment il va l'accueillir
- Salut, "Pas Désirée Du Tout"

Les années

avec **CASTOR POCHE**

PIERRE BOTTERO

le garçon
qui voulait
courir vite

VIE EN VRAI   CASTOR POCHE

le garçon qui voulait courir vite   N°903
Pierre Bottero

Debout derrière la grille de l'école, Agathe regarde son frère. Jules ne dit rien, il semble perdu et Agathe en est malade. Depuis l'accident de voiture de leur père cet été, Jules ne parle presque plus et court de mois en moins bien... comme s'il avait perdu l'usage de ses jambes. Qui rendra à Jules sa joie de vivre ?

Les années

PRIMAIRE

avec **CASTOR POCHE**

Cet
ouvrage,
le millième
de la collection
CASTOR POCHE,
a été achevé d'imprimer
sur les presses de l'imprimerie
Maury Eurolivres
Manchecourt - France
en mars 2005

Dépôt légal : avril 2005.
N° d'édition : 2484. Imprimé en France.
ISBN : 2-08-16-2484-2
ISSN : 0763-4497
Loi n° 49-956 du 16 juillet 1949
sur les publications destinées à la jeunesse